사람이 그립다

천년의시 0163

사람이 그립다

1판 1쇄 펴낸날 2024년 9월 24일
지은이 공혜경
펴낸이 이재무
기획위원 김춘식, 유성호, 이형권, 임지연, 차성환, 홍용희
책임편집 박예솔
편집디자인 민성돈, 김지웅, 정영아
펴낸곳 (주)천년의시작
등록번호 제301-2012-033호
등록일자 2006년 1월 10일
주소 (03132) 서울시 종로구 삼일대로32길 36 운현신화타워 502호
전화 02-723-8668
팩스 02-723-8630
블로그 blog.naver.com/poemsijak
이메일 poemsijak@hanmail.net

공혜경ⓒ, 2024, printed in Seoul, Korea

ISBN 978-89-6021-777-5
　　　978-89-6021-105-6 04810(세트)

값 11,000원

사람이 그립다

공 혜 경   시 집

천년의시작

시인의 말

아직도
팔순 엄마 그림자를 따라다니며
엄마 냄새를 맡는 엄마바라기 딸

은근히
엄마바라기이길 기대하지만
이미 하루만큼씩 홀로 서는
두 딸을 바라보는 엄마

순간의 설렘을 담은 메모장이
두 번째 시집이 되는
마법 같은 일이 벌어지고 말았다

2024년 8월

차 례

시인의 말

제1부

제1부

외로웠어

엄마가 오셨다
문을 열고 샤워하는데
살짝 살랑한 바람이 분다

엄마가 문을 닫아 주시려는데
내가 속으로 그랬다

'닫지 마!
외로웠어'

2015년 6월 6일

그날, 동작동 현충원 생방송 후
춘천 현충문화제 공연을 끝으로
난 여기 천진해변 온기 없는 텅 빈 바다로 왔다
소문도 없이 왔다
그날부터 공연 의상 집어던지고 빗자루를 들었다
무얼 해야 할지 몰라 꼭대기 층부터 계단을 쓸면서 내려왔다
그날, 온밤을 혼자 어떻게 지새웠는지 지금도 또렷이 기억한다

소리 소리 소리
난 파도가 바다를 몽땅 삼켜 버리는 줄 알았다
엘리베이터 버튼을 누를 때 들리는 여자의 음성이 무서워
밤새 6층 계단의 불을 밝히고 오르락내리락거리던 밤
지금 생각해도 참 겁 없다

5년이 지난 오늘
난 또 다른 바다를 걷는다
해변가 무덤에 핀 해당화에게 인사 건네며
이 길을 걷는다

작은 적선

뙤약볕 속
아파트 방충망에 붙어
한낮을 견디는 사마귀랑
눈이 마주쳤다

분무기로 물을 뿜어 주니
두 손 모아 받아먹는다
감사의 마음을 아는 모양이다

작은 적선 하고 나니
딱,
사마귀의 몸무게만큼 가볍다

소박한 소망

나이 마흔을 훌쩍 넘기고 보니
웬만한 일엔 끄떡없이 단단해졌다

크지 않은 사건에는 놀라지 않게 됐고
그리 욕심도 없고
그리 미운 사람도 없다

날 뼈저리게 사무치게 하는 일도 없고
날 소스라치게 놀라게 하는 일도 없다

그래서일까 어느 때는
한꺼번에 슬픔이 밀려올 때가 있다

점점 강하고 단단해지는
내 자신이 무서워 눈물이 날 때가 있다

무표정한 내가 가여워
어루만지고 싶을 때도 있다

거울 앞에 선 내 모습이

여전사로 비춰지는 오늘

엄마가 아닌 작은 여인이고 싶은
소박한 소망 하나 가져 본다

꼭두각시 선행

내가 하고 있는 예술 행위는
어디에선 분명 선행이다
하지만
그 일을 자랑삼는 나는 거짓된 사람

내 눈에 선한 일로 보이는 행동은
맹목적인 신기루에 불과하다

신기루를 좇고 있는 나는
허상에 무모한 확신을 갖고
선한 일로 착각할 때가 많다

사람 눈에 보여지는 허상을 좇아
의도된 연극 속에 춤추는 꼭두각시
세상의 많은 사람들은 이 신기루에 속고
나 또한 눈에 보여지는 이것에 속는다

박수가 끊기면 신을 원망하고
되돌려받기를 기대할 때도 있다

＞

은밀히 찾아가 섬기는 곳에
균형 있는 나눔의 삶이 있음을 알면서도
늘 망각하고 사는 나는 꼭두각시

투 플러스 원

아침이 차갑다
10분 일찍 도착한 약속 장소에서
둘러보니 근처 마트가 보인다

우선, 따끈한 원두커피 한 잔 손에 쥐고
한 바퀴 휭 둘러보니
손바닥만 한 초콜릿이 보인다

두 개를 집어 계산대에 올렸다
상냥한 아가씨는
초콜릿 한 개를 더 가져오란다

투 플러스 원이라나?
웬 횡재냐 싶어
초콜릿 세 개를 집어 들고
거스름돈을 돌려받으려는데
상냥한 아가씨 손이 차다

하나를 넙죽 내어
상냥한 아가씨한테 건넸다

\>

아가씨는 받아도 되냐며
수줍은 미소로 찬 손을 내민다

"원래 보너스는 나눠 갖는 거예요"
한마디 던지고 나오는데
상냥한 아가씨도 나도 다 따듯하다

언 고구마

밤새 눈이 왔다는 메시지가
작은 창에 뜬다

문득,
언 고구마가 먹고 싶다

등굣길 눈 속 깊숙이 묻어 뒀다가
하굣길에 꺼내 먹던 언 고구마

윗집 복희네랑 아랫집 순례네만 몰려다녀도
고만고만한 아이들이 열둘이었다

여덟 살 작은 손가락이 곱을 때까지
눈을 파헤쳐 언 고구마를 찾던 시절

아삭하게 언 고구마를 한 입만 먹겠다며
나를 따라다녔던 복희

눈이 왔다는 메시지가
지풍굴 추억을 데려다준 아침이다

인생

나를 깎아 내며
만들어 왔던 인생길
어디는 덜 깎여
질긴 것으로 문질러 내기도 했고
또 어디는 더 깎여
소망으로 채워 넣기도 했지
예술 작품 한번 만들어 보겠다며
문지르고 다듬어 왔던 인생길
이제 오롯이 세워 보니
홀로 설 수 없는 게 또한 인생길
받침대 비스듬히 괴어 놓고
노을 진 옆자리를 버티고 있는
미완의 내 인생길

단절의 시간

그저
한 사람과 거리를 두었을 뿐인데
내겐 모든 게
무서운 단절의 시간이다

보이고 들리고 만져지는
모든 공간은
하얀 여백으로 남겨졌다

블랙홀

부글부글
나를
삼켜 버릴 듯한
너에게로
무조건 스민다

줌아웃

그의 카메라 렌즈는
어떤 순간도
나를 놓치지 않았고
조리개를 끌어당겨 선명하게 모았다

그는 줌을 밀고 당겨
나를 읽고 있었고
그의 렌즈는
어느 때라도 내게 고정되어 있었다

그가 나의 구도와 색상에 대한
경이로움이 사라지던 날
그의 렌즈에 확대된 내 모습은
더 이상 신비롭지 않았다

그의 렌즈는
나를 스쳐 가더니 점점 멀어졌고
언제부턴가는 다른 나를
찾기 위해 줌을 당기고 밀어 댄다

>
그 후, 바깥쪽으로 향한 그의 시선은
착시 현상이라도 일으킨 듯
다시는 내게 돌아오지 않았다

그에게 나는
이미 내가 아닌 나인
피사체에 지나지 않는다는 걸 알면서도
난, 그의 렌즈를 좇고 있었다

그에 대한 집착이란 걸 안다
하지만 더 이상 그에게 읽히고 싶지 않다
그의 렌즈에서 빠져나오려는 순간
두려움에서 자유로워진다

그에 대한
나의 집착은
이젠,
줌아웃!

사람이 그립다

이곳이 왜
시간이 지나면 지날수록
낯설게만 느껴지는 걸까

우주를 품은 바다도
거침없이 지구를 흔드는 파도도
총총히 박혀 길을 내는 별들도
자기들만의 기호를 만들어 내는 등대도

제각각 간격을 두고 제자리서
날 바라보고 있는데

나는 왜
그것들의 시선이
여전히 낯설기만 한 걸까

왜 애써
버텨 내려고 이리
힘겨운 몸짓을 해야 하는 걸까

사람이 그립다

도토리 키 재기

나를
다른 사람의 키에 대어 보니
자꾸 예민해진다

자로
길이를 잴 수 없을 만큼
깊고 넓어질 순 없을까?

오십에야 알겠다

스물엔 자유를 그리워했고
서른엔 사랑을 갈망했으며
마흔엔 이름을 알리고자 노력했으나
오십에야 평안이 진리라는 걸 알겠다

겸손에 대해

이따금 뒷목 주무르며
나를 달래는 시간이 늘어 간다

손아귀 가득 두툼하고 단단한 것이
제법 만져진다

어지간히도 고개 쳐들고 살았나 보다
골진 근육들이 자릴 잡은 걸 보니

어지간히도 아래를 볼 줄 몰랐나 보다
이리 현기증이 나는 걸 보니

잠시 내려다봤을 뿐인데

총 맞은 것처럼

병원에 왔다
환자가 많아도 너무 많다

의사가 날 보지도 않고
어디가 아프냐고 묻는다

난, 가슴이 아파요!
라고 했더니

의사는 어떻게 아파요?
라고 묻는다

총 맞은 것처럼요!
라고 했더니

그제야 의사는
내 낯빛을 살핀다

만 53세

병원 갔다가 약 봉투를 받아 나왔다
만 53세 공혜경이라고 적혀 있다

어릴 적, 오천 면 서기의 실수로 얻은
특권 아닌 특권이다

하지만 크게 삶에 보탬이 된 적도
불편한 적도 없기에 잊고 살던 한 살
오늘 문득
눈에 들어오는 53이란 숫자가

이 가을, 봄바람처럼
다가오는 이유는 뭘까?

같이 있을 때

하루 종일 있어도
좋을 때는
언제일까요?

지천명을 넘긴 딸

지천명을 넘긴 딸 못 미더워
내일 수술하러 들어가시는
울 엄마

찹쌀밥 열 덩이와
미역국 한 솥단지 끓여 놓고
기다리시네

그렇게
날
기다리시네

잘 산다는 거

얼마 전부터 무릎에 좋다며
실버 수영을 하시는 엄마를 기다린다

엄마를 차에 모시고
엄마가 좋아하는 단팥빵과
내가 좋아하는 치즈빵을 점심으로 내놓았다

히딩크가 수술하고 효과 봤다는 병원에 가서
일주일 전에 검사한 기록을 CD에 담고
소견서를 받았다

의사 소견을 마땅치 않아 하셔
내일은 다른 병원에 모시고 가야 한다
돌아오는 길에 예매도 않고 무조건 영화관으로 갔다

김수미 주연의 《헬머니》를 보며 실컷 웃었다
엄만 울며 웃으신다
대박 웃긴다

그런데 오늘 욕은 왠지 은혜롭다

\>

저녁 무렵, 차에서 내리시며
"이냥 노니까 아프지도 않네" 그러신다
오늘 하루, 참 잘 산 것 같다

엄마는 우리 차지

침대 머리맡에
새끼들이
고둥처럼 다닥다닥 붙었다

새끼들을 일일이 둘러보곤
수술방 문이 닫히기 전
엄마가
봄 햇살처럼 웃으신다
"수술 그렇게 했어도 이런 건 처음이네"

수술방 들어갈 때마다
홀로 아득함을 견뎌 냈을
엄마의 그 자리가 서러워
심장 어디쯤이 따끔거린다

'엄마, 그땐 엄만 아빠 차지였고
이제야 우리 차지 된 거야
그러니 서운한 거 다 내려놓고 다녀와요'

선물 같은 하루

옆집 사는 딸내미 온다고
엄마는 아침상을 차리신다

그것도 몇 번 전화해서 오라 해야
먹어 주는 시늉 하는 딸내미 상엔
시래기, 취나물, 소고기 반찬이 한가득이다

"엄마, 요즘 매일 이렇게 차려?
아버지 한마디 하시겠다
딸내미 와야 이런다고!"

밀린 숙제처럼 엄마랑 안과 가서
수술 날짜 잡고 왔다

반나절 검사받는데 참 지루하게 느껴진다
한평생 기도와 눈물로 보내신
엄마가 곁에 계신 데도 말이다

선물 같은 하루가 지나간다

묘한 위안

엄만 언제나
내 이야길 묵묵히 들어 주신다

내게 뭐라 하는 옆집을 흉볼 때도
아이들이 내게 속상하게 했다 해도
그저 다 들으시곤

'그래 애썼다'
'쉬어라'가 전부다

그런데 그게
묘한 위안이 된다

멀리서도 엄마가 보인다

이른 아침
집에서 미사대교까지 걷는다

강변을 걷고 있다고
좀 전에 엄마랑 통화했는데
어느새 엄마는
딸이 돌아오는 길목에 앉아
날 기다리신다

멀리서도 엄마인 걸 알겠다
난 그늘이 든 꽃길을 걷고 있는데
엄만 햇살로 길을 낸
따가운 의자에 앉아 계신다

멀리서도
엄마가 보인다

발가벗은 말

얼핏 들은 얘긴데

내 얘길 좋지 않게 전하고 다니는 이가 있나 보다

이미 말은 날개를 달고 떠돌고 있고

잡을 수 없는 것이 말인데

들어도 언짢을 것이고

게다가 누군지 알면

사람까지 미워질 게 아닌가

무슨 얘긴지

누가 말하든지

조금은

\>

아주 조금은 궁금했지만

더는 손해 보기 싫어 묻지 않았다

하지만 내 안의 내겐 한마디 해야겠다

'너 왜 말 위에 돌아다니고 있니?'

'그것도 발가벗고!'

헤어져

둘일 때
더 외롭니?

그럼
과감하게
헤어져

딸에게

딸아!
혹시 남자친구를 만났는데
다 좋은데 이건 아닌 것 같다는 생각이 들면
그건 정말 아닌 거야
앞으로 변하지 않을까? 생각하는 건 착각이지
그 시간에 강변길을 걷든지
하늘을 한 번 더 바라봐

목욕탕

네 달 만에 목욕을 다녀왔다

작은 아이가 수술을 받고
중국에서 다니던 학교도 못 가고
집과 병원을 오가는 내내
난 목욕탕엘 한 번도 갈 수 없었다

어쩌다 울 엄마가 아이한테 알리지 말고
살짝 가자고 할 때도 난 가지 않았다
아니, 못 갔다

수술을 네 번씩이나 받고
머리도 감겨 줘야 하는 아이를 두고
나 혼자 간다는 건 있을 수 없는 일

그런데 오늘 난 목욕탕엘 다녀왔다

어제 아이를
보내고 나서

엄마 생각난다

엄마한테 전화 오면
끊길 듯 말 듯 지친 목소리로 받고
딸한테 전화 오면
자다가도 안 자는 척 생글생글 받고

엄마가 어디 가자고 몇 번 망설였다 말하면
나중에 가자며 딴청 피우고
딸은 가기 싫다 해도
온갖 좋은 곳 검색하고 예약해서
억지로 모시고 가고

엄만 딸 힘들다고
운전도 못 하게 걸어가시는데
내 딸은 비 오는 늦가을
중국에서 먹던 마라탕 먹고 싶다며
지친 나를
대림동 중국인 거리까지 나오라네

이런 날은 엄마 생각난다

슈퍼우먼

어젯밤
'그런데 엄마가 너무 보고 싶다'
라고 보내온 이린이 문자에

조식 서비스 마치고
고성에서 서울로 가
이린이 태우고
공항으로 가서 미국 보내고
이번엔 엄마 모시고
다시 고성에 도착했다

공항에서 분주하게 파킹하는
나를 보고 이린이가 그런다

"엄마, 슈퍼우먼 같다"

그게 운명이야
─이나가 카톡으로 10. 13.

숨어 있는
별들도
하늘도
공기도
바람도
내일의 햇살도
엄마를 사랑해

그게 운명이야
왜냐면
울 엄마니까

애간장

조식 시간 마치고 속초에서 무조건 고속버스를 탔다
그리고 낼모레 다시 상해로 떠나는 이린이한테 전화했다
엄마랑 잠실에서 만나 영화 보고 맛난 거 먹자고

잠실역 1번 출구에서 이린인 노랑 소국 한 다발을 들고
엄마를 기다리고 있었다

동행 중

뉴욕 파슨스에서 패션을 전공하는 이 나는
이번 학기에 돌연 휴학을 했다
그러곤 충전이 필요하다며 유럽으로 떠났다

아이의 고민 끝 결정을 전적으로
응원해 주고 싶지만
엄마 마음은 또 여러 갈래다

오늘 영국에서 본 《맘마미아》는
지금껏 본 공연 중 최고였단 말에
맘껏 날아다니는 모습이 흐뭇도 하다

실시간으로 보내오는 아이 모습 따라가며
잔소리 아닌 척 조곤조곤
눈치 보며 동행 중이다

내가 철없이 사는 이유

아직, 내가
철없이 사는 이유는
아마도
개떡같이 말해도
찰떡같이 알아듣는
아이들이
있어서인 것 같다

더 이상의 욕심은 없다

요즘은 여름 최성수기다

바닷가는 일 년 중 가장 바쁜 시기이다

큰아이가 복학해서 미국으로 떠나고

상해에 있던 작은아이도 1년간 언니 따라 뉴욕으로 간다

이참에 아이들이랑 2박 3일을 함께 보냈다

하지만 맘은 온통 천진해변 거기에 있다

전화만 울려도 깜짝깜짝 놀란다

또 무슨 문제가 생겼나?

서비스업이란 게 뭐 그렇지 싶다가도

해도 해도 너무하네 싶기도 하고

암튼, 아이들이 좋아하니 그럼 됐다

오늘, 일찍 고성으로 출발하려고 일어났다

욕실에서 나오니 큰아이가

이미 주방에서 엄마 아침밥을 준비하고 있다

"엄마가 고마워…… 잊지 않을게…… 미안해"

"엄만 늘 해 줬잖아 얼른 앉아!"

딸의 새벽 밥상 앞에서 생각한다

'더 이상의 욕심은 없다'

호강 데이

여름 내내 수고 많았다고
딸들이 1박 2일 호강 데이를 만들어 주었다
일명 엄마 호강시켜 주는 날

어깨를 내어 주다

걱정되는 일이 있어
침대 끝에 멍하니 앉아 있었다

큰아이가
문틈으로 본 모양이다

무심한 듯 지나지만
나를 살피는 걸 알겠다

"엄마가 하고 있는 고민은
다른 사람은 하고 싶어도 못 하는 고민일 거야
며칠 지나면 해결되니까 힘내요!"

딸이 침대 끝에 따라 앉아
살며시 자기 어깨를 내어 준다

내가 그런 것처럼

나 보고 싶어요?
혹시
나를 생각하면
가슴이 설레요?

내가
그런 것처럼?

바다 365
―강원도 생활 1년

금계국 향기 맡으며 출근했어요

어쩌다 그들과 눈 마주치면
가슴 철렁하게 금이 가기도 하고
그 길 따라 마구 달리고 싶은 유혹도 있지만
이내 여기 천진 바닷가로 다시 스며듭니다

사는 게 다 그런 거야 하기엔
난 아직 젊은 것 같기도 하고
그저 그런 것 같기도 하고

바다 끝까지 닿은 나의 현실 앞에서
커피를 감싸들고 제법 숙연해지는 건

어쩌면
저 바다 위 부표처럼 떠다니는 게
익숙한 내겐, 또 어쩌면
이 순간이 과분한 것 같기도 합니다

집시

집시 같은 사람
오랜 세월
유랑극단을 떠돌다
어딘가에
머물고 싶었다

집시들이 머무는 곳
Stay-G(ypsy)란 이름으로
고성 땅에 온 지
2년여 날들

그 사람
그 세월
그런데도 아직, 집시처럼
밀려왔다 밀려가는 건
못내 떨치지 못한
포말로 떠도는 자유의
부스러기들 때문일까?

공생

내겐
두 개의 폰이 있다
하나는 감성이란 이름을 가진 개인 폰
또 하나는 이성이란 이름의 예약 폰
서로 다른 이름을 가지고 있으나
둘은 공생 중이다

괜찮은 레시피

커피 한 잔을

바다 한 움큼
햇살 한 줄기
그리움 한가득 넣어

귀로 마신다

시를 본다

—301호에서

다 있다
세상 아름다운 것
천진 바닷가에 다 있다
파도, 구름, 갈매기, 등대
또 뭐가 있지?
수평선, 바람, 햇살, 고깃배
그리고 시
늦은 아침 허기를 채우기에
이만한 게 또 있을까
커피와 샌드위치를 기다리며
창문 넘어 시를 본다

인연 앞에 건배

옆집 펜션 사장님이 오셨다
아내랑 다투고 넋두리하러

아야진 이장님
회 한 접시 들고 와 얼굴 마주한다
이 시간 참 좋다

어떤 인연에게 전화가 왔다
이틀 동안 나의 시 낭송을 들으며 울었다고
내일 찾아오겠노라고

옆 테이블에서 날 부른다
객지에서 지내는 이야기 나누며
시 한 수 읊다가
동병상련 건배하자고

모두 떠난 이 텅 빈 공간
온기 없는 테이블
잔들은 뿔뿔이 흩어져 앉아 있고

\>

그 옆에 우두커니
오늘 만난 인연들을 헤아리며
솜털처럼 앉아 있다

나의 스물아홉 시절엔
상상도 못 했을
오늘 앞에 건배!

낙엽처럼

산책을 하다 주운 낙엽 한 장을
차 받침으로 내놓았다

아주머니가 손가락으로 가리키며
"이걸 어쩌라구요!" 그런다

"가을을 느끼시라구요" 말해 놓고
낙엽처럼 얼굴이 붉어졌다

맨발의 여인

외사랑 여인이
그의 사랑 이루와 친구들이
502호에 도착하기 전
아무도 모르게
생일상을 차려 놓고 떠나 버린
그 여인이
오늘은
자꾸 생각나서

나는 누굴 위해
저리
내 몸 녹여
온전한 사랑 하나
만들어 낸 적 있었나
아무도 모르게
찬 가을, 맨발로

내게 묻는다

아직도 그와 바라본 저 섬에 함께 가고 싶니?
아직도 함께 걷던 그 길을 밤새워 걷고 싶니?
아직도 함께 잡은 손 놓지 않겠다는 약속 잊지 않았니?
아직도 함께했던 순간이 작은 그리움으로 다가오니?

아직도
아직도
그렇게 함께 설렐 수 있겠니?

내게 묻는다

엄마의 막내

오랜만에
엄마를 말끔히 씻기곤
딸 같은 남동생한테 문자가 왔다

누나!
이 병원에서 울 엄니가
젤로 이쁘고 우아해~!!

울 엄마 이쁘다고
토닥토닥 토닥토닥
엄마 얼굴 목련처럼 수줍게 피어난다

막내야
네가 참 이쁘다

네 자매

엄마를 모시고 산본 이모 댁에 갔다
세 분의 이모가 장녀인 엄마를 기다리고 계셨다

오늘 난 맛난 것도 사 드리고
운전기사도 하겠노라 자처했다

남을 흉보거나 다투는 걸
한 번도 본 적 없는 네 자매는
하나님 이야기나 소녀처럼 웃으며
어릴 적 고향 이야길 나누신다

난 가끔 자릴 떠 창밖을 내다보곤 했는데
막내 이모가 그러신다
"조개는 언제 사야 좋아?"

그랬더니 셋째 이모가 그러신다
"연산홍 필 때"

그 말이 어찌나 이쁘던지

난 창에 기대어
네 자매를 물끄러미 바라보았다

동생

봄바람 부니, 동생이 해변 길 따라 자전거를 타고 싶다 한다

혼자 가겠다는 걸 이른 아침 설악산 초입에서 황태국을 함께 먹고

커피와 비스킷을 챙겨 차에 자전거를 실었다

햇살 한가득 품에 안고 도란거리는 동안 어느새 경포호에 도착했다

23년 동안 성실하게 한 학교에서 교사 생활을 하던 동생!

쉬지 않고 달리다 불현듯 손 놓고 잠시 머문 곳이 천진해변, 누나 곁이다

몇몇 잔소리를 하려는데 벌써 엉덩이를 보이며 경포호를 가로지른다

동생의 뒷모습에 코끝이 찡하다

난 괜찮아 1

평생 무대 위에 살고 있는 언니가
나의 바다로 왔다

혜경아 미안해
나만 하고 싶은 거 해서 미안해

언니 괜찮아

난 그래도
바다랑 갈매기랑
나의 무대에
곡선을 그으며 걷고 있어
가끔 햇살도
살포시 내려와 날 감싸 주기도 해

언니 난 괜찮아
많이 그립지만 아직은 괜찮아

난 괜찮아 2

지금은 오만방자하고
조금은 제멋대로지만
그래도 나름 선과 악의
경계는 긋고 살았어
이리 몇몇 해를 더 살다가
그래도 그런 나를 받아 준다면
못 이기는 척
네게 안길 일이고
정,
그럴 수 없다면
난 아프리카도 괜찮고
아메리카도 괜찮고
대서양도 지중해도 괜찮아
그땐 또 거기에
나를 뜨겁게 하는 무언가 있겠지
그때까지, 작은 불덩이
가슴속에 피워 둘 수만 있다면
난 괜찮아

비감

미완의 사랑이
아름다운 이유는

아릿한 비감이
서려서일 테지

4월에 쓰는 편지
—비목 한명희 선생님께

어제는
천진해변 후미진 곳에
무심히 피어나 돋보이는 민들레를 보며
민초라는 단어와 함께 교수님 생각이 났습니다
4월은 참으로 아슬아슬했습니다
산불에
지진에
강풍에
점점으로 잊혀 가는
우리들의 아름다웠던 그날의 기억들까지
제 몸 하나로 받기엔 버거운 나날입니다
그래도 아직은 눈 맞춤 할 민들레가 있어
이곳에 질긴 뿌리라도 내려야 하나 싶지만
여기, 천진해변 만만한 작은 돌멩이처럼
적당한 하루를 견뎌 내고 있습니다
어쩌면 좋아요
저 파도
저 바람
저 무정한 꽃들, 어쩌면 좋아요

그리움의 빈자리

기다리는 자의 시계는
더 느려

허겁지겁 돌아와
미치도록 그리웠다고
수선 피우지만
난 종일
네 생각만 했거든

넌 짐작도 못 할 거야
우두커니 놓인
그리움의 빈자리

천진해변

초겨울
갈매기들이 뿌려 놓은
천진해변

파도가
카푸치노처럼 밀려왔다
라떼처럼 미끄러져 간다

봉포섬

어느새
내 눈동자 안에도
바다가 들었다

눈을 깜박일 때마다
구름도 햇살도

저기 저 섬
봉포도
바닷물에 젖는다

비와 바다

비 온다
며칠 만에 왔더니
바다가
왜 이제 왔냐고
투정 부리며
비랑 놀고 있다

그새 그립네

서울 왔는데
동생이 보내온
천진 · 봉포
사진 속
남겨진 바다

그새
그립네

까만 바다 1

그녀는 혼자
바닷가 어둑한 카페에 앉아
표정 없는 얼굴로
기네스 세 병을 마신다
아니
까만 바다를 마신다
그러는 사이
엷은 미소가 그녀에게 번진다
난 자꾸
그녀의 진다홍 니트에
눈길이 머문다
그녀는 내게 다가와
여섯 손가락에 끼었던
반지 중, 두 개를
내 손가락에 끼워 준다
내 몸에도
그녀의 까만 바다가 스민다

까만 바다 2

그녀는
어제보다
붉게 입술이 물들어 있다
그녀의 입술에
다시, 나의 눈길이 머문다
이번엔 가방에서
붉은 루주를 꺼내어
내게 건넨다
몇 번이나 바르게 될지
이 붉은 걸
하지만 사양하고 싶지 않다
그녀가 주연인 드라마에 등장한
기네스, 반지, 루주, 진다홍 니트
하나도 놓치고 싶지 않다

6월, 아침 숲길

차마 떨구지 못하고
어머니 마른 젖꼭지처럼 매달려
마지막 향기를 뿜고 있는 아카시아의 몸짓

밤을 새워 지어 놓은
거미들의 꿈을 알몸으로 휘감고 지나는
나는 숲길의 무법자

언발란스

논길 따라 골프 연습장이 있고
호수와 바다가 연결된 산책길이 있는
여유로운 월요일 아침이다
간만에 운동을 했다

엄마가 주신 묵은지에
국산 멸치와 미국산 안티파소, 태국산 꿍을 넣어
찌개를 끓인다
실은 모두 나의 와인 안줏거리다

언발란스, 요즘 나 같다

그렇게 살고 싶다

산에 가면 바람에 몸을 맡기는 나무가 되고
들에 가면 키 작은 풀꽃이 되고
그렇게 살 순 없을까?

바다를 보면 파도에 부서지는 달빛이 되고
하늘을 보면 하이얀 소금 별이 되고
그렇게 살 순 없을까?

비가 오면 감사를 아는 흙이 되고
눈이 오면 금방 싹을 틔울 포근한 볕이 되고
그렇게 살 순 없을까?

그리움의 끝

그리움의 끝은
더 큰
그리움이지

50년 걸렸다

아버지를 시로 표현해 보고 싶었다
아무리 머리를 굴려도 막막하기만 한 단어

아버지!

머릿속에 머물고 있던 아버지가
가슴으로 내려오기까지 50년 걸렸다

홀로 그 길을 걸으시느라 얼마나 외로웠을까?
나의 아버지는

병상 일기 1

─연인 같다가

병상에 누우신 아버지의 가는 손을 만진다
작고 고운 손이 마치 딸 같다가 연인 같다가 눈물이 되었다

목욕하시자 했더니 그러마 하신다
부축해 모셔다 드리고 나올 생각이었지만
기력이 소진된 아버지 그대로 주저앉아 나를 올려다보신다

앙상하고 자그마한 아버지 그 등을 밀어 드린다
꼭 딸 같다가 연인 같다가 눈물 되어 흘러내린다

병상 일기 2
—익숙지 않은 모습

참 말을 안 들으신다

보호자 없이 일어나면 안 된다고 몇 번을 말해도 딸내미 잠 깨운다고 몰래 일어나다 오늘 새벽엔 침대 거치대에 부딪혀 안구까지 충혈되었다

잠시 눈 붙이다 놀라 심장이 쪼그라드는 줄 알았다

어젠 건널목을 건너는데 뒤로 물러서 계시라 해도 성질 급한 아버지는 차도 앞 끝까지 발가락을 뻗고 계셨다 마음은 아직도 청년이시니 끌어당기고 부축하느라 어깨가 빠질 듯 아팠다

고등학교 때부터 연극한다는 딸을 말리다 말리다 학교 못 가게 문을 걸어 잠그셨을 때 이런 마음이었을까?

'저놈의 딸내미 징글징글 징글벨이다' 그러셨겠다

오늘은 아버지께 나직한 목소리로 경고장을 날렸다

"아버지 오늘 아침에 갑자기 이 말이 생각나네요"

'긴 병에 효자 없다!'

"그러니 얼른 나으세요!"

아버진 며칠 전부터 겨우 가까이서 보게 되는 익숙지 않은 모습의 딸을 보며 그냥 웃고 만다

병상 일기 3
─생전 처음 있는 일

　병원에 누워 계셔도 머리카락 하나 흐트러지지 않게 빗질을 하시는 아버지

　오늘은 아침 식사를 마치고 진통제를 들고 계시는 아버지 손을 잡고 병원 앞길 건너 올리브영까지 걸어가 스킨과 헤어 젤을 샀다

　지팡이에 의지해 걸으시는 아버지의 팔을 잡고 걸었다

　난생처음 아버지와 팔짱을 끼어 본다

　카페로 들어가 사과차와 아메리카노를 앞에 놓고 나란히 앉아 바깥 풍경을 바라본다

　옆 테이블의 연인처럼 우리도 소곤소곤 이야기를 나눴다

　"이것 봐요 아버지! 딸이랑 데이트하니까 진통제 안 드셔도 되잖아요!"

　아버지 표정은 왠지 수줍은 소년 같아 보였다

　모든 것이 생전 처음 있는 일이다

오늘도 참 잘 살았다

어제 집에 왔다
몰아서 병원도 가고 좋은 분들도 만나고
맛난 것도 먹어야지

오늘 일정 마무리하고 속초 가려는데
엄마가 자꾸 눈에 아른거린다
좀 아까 아침밥 먹으러 가서 뵈었는데도

고속도로를 타려다
엄마한테 드라이브 가자고 전화했다
피곤할 텐데 쉬라시며 극구 사양하신다

엄마랑 내가 좋아하는 파스타집에 갔다
분명 엄마도 좋아하실 줄 알았다
아버지 얘기, 시댁 얘기, 권사님들 얘기
해도 해도 끝이 없다

차에서 내리시며 그러신다
"오늘도 참 잘 살았다"

엄마의 계산법

엄마가 강정을 내미신다
배불러 먹지 못하겠다는 내게
절반씩 나눠 먹자 하신다
마지못해 손을 내밀었는데 엄마는
끄트머리 몇 알갱이 떼어 내더니
나머진 내게 건네신다

엄마의 절반은
절반이 아니다
엄마의 절반이자 전부는
그저 자식이다
오로지 그것이
엄마의 계산법이다

동부 송편

추석이 되려면 3일이나 남았는데
연로하신 엄마는
오자마자
금방 갈 거라고 말하는 딸에게
급히 송편을 내오신다

송편 한 입 물은 딸
"검정깨 말고 동부콩 없어?"라고 물었고
엄만 미안한 마음으로
"급히 만드느라 그건 못했어"라고 하신다

제발, 그냥 있지 딸아!
"난 동부가 더 좋은데" 하고 말았다

송편 속이 까맣게
타들어 간다

울 엄마 밥 짓는 소리

오늘은 엄마 생신이다
일요일이라 일이 바쁘다는 핑계로 내일쯤 가려 한다

근데, 2주 전 딸내미 생일 땐
그 바쁜 토요일에 갔다가 일요일 새벽에 오기도 했다

오늘 아침, 혼자 아침 준비하는데
어디선가 엄마 밥 짓는 소리가 들린다

끄으응

무언의 말

어둑한 부엌에서
엄마는 등을 돌린 채
아무 말 없이
큰 솥에다
찌개를 끓이신다

말은 하지 않아도
그 몸짓은
다시, 나를 남겨 두고
떠나신다는
무언의 말이다

이곳에 오실 때도, 엄마는
남겨진 이를 위해
찌개를 끓여 놓고 오셨다

그날도 오늘처럼, 말없이
새벽에 훌쩍
터미널로 가셨다
아무에게도 들키지 않도록

>

새벽 바람은 차다
남겨진 자식을 생각하면
명치 한복판에
뜨거운 국물을 쏟은 듯 아린데
엄마의 주름진 가슴 사이로
찬바람은
왜 자꾸 들락거리는지

아무 말 말걸

어젠 온종일 엄마랑 통화를 하지 못했다
퇴근길에 투정하듯 엄마께 전화한다

뭐 해? 난 피곤해
새벽에 사우나 갔다 오고, 강의 준비하고
손님한테 뭐라 말 들어 기분 별로고,
건축사 만나고 그랬어

울 엄마 아무 말 없으시다가
잠시 후 한 말씀 하신다

"난 오늘 11시부터 6시까지
너희 집 가서 청소하고 왔어!"

손녀들이 1년 치 짐만 들고
몸만 나간 빈집이다

지난주 집에 갔을 때
대충 치웠는데 피곤해서 못 했다고

시큰둥하게 말했던 게 생각났다

아무 말 말걸

엄마가 고파

한 달간 엄마가 오셔서
혼자만 먹을 수 있게
매일 뚝배기 밥을 해 주셨다

엄마가 가신지 이틀이 지났다
새벽 1시 20분
밥통에 밥을 한다

엄마가 고파
잠이 오지 않는다

녹음실에서

.

한참 만에 후배가 하는 양재동 녹음실에 왔다
오랜만에 느끼는 이곳만의 냄새가 있다
참 편안하다

월요일이라 그런지 삼패 톨게이트부터 막히더니
양재동까지 가는 데 4시간이나 걸렸다
고성에서 아침 6시 50분에 나왔는데
10시 30분 녹음실 약속에 지각하고 말았다

이번 공연 배경음악을 녹음했는데
0.05초 늘이고 줄이기를 반복했더니
제법 그럴듯한 작품이 나왔다
주변 사람들 굶기고 생고생시켰지만
일할 땐 내가 그러니 뭐 어쩌겠나

쉬자
꽃향기마저 가벼워진 재스민에게
물은 먹이고 이젠 좀 쉬자

떨림

한 달 만에 집에 왔어

빈집의 문고리는 차가워
방문을 여니
침대 옆 스탠드에
은근살짝 불이 밝혀져 있네

누가 그랬겠어
엄마지
갑자기 가슴이 콩콩 뛰더니
살짝 더워지는 거 있지

냉장고로 갔어
제발 제발 있어 다오
그 순간은 작은 떨림이야

앗싸!
딸아이가 놓고 간
아사히 맥주가 있네
엄마가 밝혀 놓은 스탠드 옆에

나란히 놓았어

음, 이 떨림 알아?

드러눕다

부정할 순 없지만
내 살갗을 헤집고 다니는 옹이 진 단어들
세무, 예약, 성수기, 광고, 매출
하지만 내 안에 소용돌이치는 단어들
무대, 대본, 등퇴장, 관객, 눈 맞춤

오늘, 이들 둘이서 충돌했다
핵폭탄보다 더 큰 파괴력으로
우주가 날아가 버렸고
난 역겨운 악취로 몇 번의 구토 후
차라리 드러눕고 말았다

전쟁이 끝나
실낱같은 재가 피어오르고
막 내린 무대 뒤
어둠은 짙어 가는데
쉽게 사그라들지 않는
조명의 열기 아래
나는
나를 끌어안고

신음한다

'그 다음 대사가 뭐지? 뭐였더라……'

제2부 어머니 황일분 시 5편

눈물 1

—황일분

눈물은
아플 때만 내리는 것이 아니라
슬플 때만 내리는 것이 아니라
기쁘고 감사할 때
더 뜨겁고
더 많이 쏟아진다

눈물 2

—황일분

아! 이 눈물은 무엇인가?
어느 골짜기 흐르는
약수 같은 눈물
이 눈물은
우리 가정을 지켜 준
밑거름인가 봐!

호수
─황일분

해가 뜨고 지는 것같이
오늘은 왜 이렇게
눈물이 흐르는 걸까
유리창에 빛이 흐르는 것같이
눈물이 쏟아진다
내 마음속에 내 눈에
누가 계시길래
내 눈이 호수가 됐을까

허수아비

—황일분

나는 허수아비다
비바람 쳐도
뜨거운 햇빛 쏟아져도
천둥 번개 태풍이
밀려와도
나는 거기 서 있었다
그 논의 나락을
지키려고
거기 서 있었다
거기 있었다

소박한 꿈

—황일분

나도 꿈이 있었다 소박한 꿈
대통령도 아니오
갑부도 아니다
조그만 마을에서 예수님 모시고
소박하게 살고 싶었다
그런데 꿈보다 더 많이 주셨다
그런데 왜 나는 목이 말랐을까
그런데 왜 나는 배가 고팠을까
이것은 내 꿈이
아니었나 보다

제3부 시인의 산문

지풍굴

1

충남 보령군 오천면 오포리 심동, 그곳 말로는 심동을 '지풍굴'이라고도 하고 '고정리'라고도 했다.

아마도 고정리 심동이었던 것 같다.

널찍한 우리 집 앞마당엔 햇빛이 제법 들어와 겨울에도 동네 사람들이 자주 모이곤 한다.

그날은 우리 집 김 뜨는 날이었다.

큰 다라 네댓 개에 물을 잘람잘람 붓고 그 위에 발을 깔고 사각 틀을 올린 후 김을 올려놓고 손가락 끝을 모아 토독토독 치면 사각 틀 안에 김이 번지며 자릴 잡는다.

할아버지가 수청구지 지나 예쉐바다(여수해)에서 뜯어다 장화 발로 빨아서 큼지막한 도마 위에 올려놓고 난도질을 한 김들이다.

농사를 짓는 지풍굴 사람들은 겨울이 되면 남정네들은 소 여물을 쑤거나 화롯가에 모여 화투를 치다가 일찌감치 자릴 잡고 술상을 펼쳤다. 가느다란 내 기억은 그랬다.

그런 날도 여인네들은 양지바른 곳을 골라 짚으로 똬리를 튼 방석에 앉아 종일 얼어 터진 손끝으로 김을 떴다.

아이들이 보채면 여인은 오른쪽 겨드랑이에 아이 머리를 끼고 젖가슴을 열어 젖을 먹이는 걸 서슴지 않았다.

그러면 아이들은 엄마 무릎에 배를 깔고 반쯤 벗겨진 바지춤 사이로 엉덩이를 드러내고 대롱대롱 매달려 젖을 문 채 발가락 장난을 쳤다.

그 모습은 마치 여인의 자궁문이 열리며 시꺼먼 아기 머리가 나오는 모습과 흡사하다.

가끔은 젖이 붇지 않은 옆집 여인의 아기까지 젖을 물리기도 했다.

서로 처지를 아는 아낙네들끼리 젖동냥 인심도 후했다.

지풍굴 겨울, 김 뜨는 마당은 생존의 아슬한 길목이다.

종일 양지를 좇아 쪼그리고 앉아 뜬 김발은 마당에 그림자가 드리울 때쯤이면 물기를 빼고 비스듬히 누운 채 아이들의 손길을 기다리고 있다. 꾀가 난 아이들보다 양지를 향한 여인네의 손길이 바쁜 이유이다.

아이들은 여인들의 삶처럼 비스듬한 김발을 들어다 볏짚으로 만든 벽에 대나무 꼬챙이로 네 군데 각을 잡아 넌다.

마치 전시된 설치미술처럼 기품 있고 예술적이다.

그렇게 고정리 김은 꽤 비싼 가격에 팔렸고 겨울을 나는 식량으로 집안의 효자 노릇을 했다.

개구진 몇몇 아이들은 건너편 양지바른 담벼락에 기대앉아 내복을 뒤집어 솔기 사이에 박힌 서캐나 스멀거리는 이를 긴 손톱으로 탁탁 소리를 내며 자랑삼아 터뜨린다.

호기를 부리는 어떤 아이는 아예 솔기에 이를 대고 닥닥닥닥 거리며 깨물어 내려간다.

그러니까 이로 이를 잡겠다는 심사다.

새참으로 고구마를 쪄 오면 서로 큰놈을 잡겠다고 양지바른 마당은 시끌벅적했다.

우리 집 토방 넘어 중간 방엔 볏짚으로 만든 고구마 통가리가 있고, 그 옆엔 윤기 나는 지푸라기로 백 장씩 묶어 수북하게 쌓아 놓은 마른 김이 있었다.

아직도 그 방에서 풍기던 볏짚 냄새와 달싸한 김 냄새를 기억한다.

그나마 온전한 김은 식구들 차지도 못 된다.

발에서 뜨다가 찢어지거나 반듯한 사각 김을 만들기 위해 대패 같은 걸로 쓱쓱 부벼 자를 때 떨어지는 부스러기들만 먹었다.

지풍굴 아이들은 그러고들 놀았다.

물론 나도 양지바른 마당 담벼락에 기대 있거나 김발을 나르던 그 지풍굴 아이 중 한 명이었다.

여덟 살까지 난 그렇게 지풍굴에서 꿈같이 살았다.

2

지풍굴 우리 집 감나무 아래 평상에 누우면 대나무 사이로 논길 따라 건너편 성찬이네가 보인다.

성찬이는 동네에서 유일한 나랑 같은 또래 머스마다.

가끔 논둑길에서 마주치면 혜경이 왔냐! 하며 붉은 잇몸을 드러내고 되바라지게 웃곤 했다.

그애 동생 이름이 아마 현미였던가? 성찬이는 소 꼴 먹일 때나 부모님 새참 이고 갈 때도 늘 현미를 업고 다녔다.

난 그런 성찬이가 한 번도 힘든 내색을 하거나 얼굴을 붉힌 걸 본 적이 없다.

우리 집에 현미를 업고 와서도 마당에서 성큼 들어오지 못하고 자기 키보다 조금 높은 담벼락에 기대어 몸을 배배 꼬다가 들어왔다.

성찬이는 할머니가 술을 빚기 위해 누룩을 말리고 큰 가마솥에다 흰쌀을 얹히는 날이면 어떻게 나보다 먼저 알고 달려와 토방 끝에 앉아 코를 벌름거리며 딴청을 피웠다.

현미는 덜렁덜렁 뒤에 달려 있건 말건 말이다.

어느 술 빚던 날, 성찬이는 드디어 대박 사고를 치고 말았다.
할머니가 내린 술을 분주하게 독에 담고 있는 사이 성찬이는 나를 부엌으로 데려가 술지게미를 바가지에 담아 설탕 몇 숟가락을 푹푹 넣고 썩썩 비벼서 같이 먹게 했다.

할머니가 발견했을 땐 이미 성찬이는 뻘건 잇몸을 주걱처럼 말아 올리고 히덕히덕 실성한 사람처럼 앉아 있었고, 난 그 옆에 노랗게 상기된 얼굴로 앉아 할머니를 올려다보며 눈만 깜박이고 있었다.

성찬인 할머니한테 등짝 몇 대 후들겨 맞고서야 현미를 달아메고 왔던 길을 돌아갔다.

많은 세월이 지났다.
그앤 지금 어디서 무얼 하며 살고 있을까?
이따금 고향에 가면 쪽문으로 난 감나무 아래 평상에서 대나무 사이로 보이는 성찬이네를 바라보곤 한다.
혜경아으~ 하고 부르면, 와야~~ 하고 대답하던 메아리가 아직 머물러 있는 그때 그 시절. 성찬이랑 혜경이로.

3

지풍굴엔 어릴 적 하얀 기억이 있다.

스무 살 꽃 같은 처자 엄마랑 결혼하려고 아버지는 교회에 잠깐 다니시기도 했단다.

엄마의 결혼 대상은 무조건 교회 다니는 남자여야만 했기 때문이다.

엄만 내가 태어난 지풍굴 마당에서 하얀 한복에 면사포를 쓰고 혼인식을 치렀다. 우리 집 머슴 한윤이가 제풀에 신나서 기계충으로 듬성듬성 뚫린 까까머리를 하고 동네방네 뛰어다니던 사진이 지금도 지풍굴 토방 마루에 걸려 있다.

지풍굴은 어느 집 잔치도 동네잔치가 된다.

어멈들은 일찌감치 아이 한 명씩을 들쳐 업고 잔치 음식을 준비하는데 오후가 되면 기름 냄새를 맡은 아이들이 어디서 나타났는지 제집 찾아가는 게처럼 뿔뿔거리며 엄마 치맛자락으로 모여든다.

엄만 그렇게 동네 허기진 배를 불리며 축복 속에 결혼식을 올렸다.

엄마의 사진 속 그때 그 한복, 10년이 지난 어느 날 학교에서 돌아와 보니 엄마가 하얀 나비 되어 누워 계신 걸 보았다.

그 일 이후, 내 기억 속 그날은 하얀색이다.

가족애와 바다 경험에 대한 서사와 사유

공광규(시인)

1

　필자와 성과 본이 같은 일가이자 배우, 시 낭송가, 시인인 공혜경은 1965년 충남 보령에서 태어났다. 서울예술대학교 연극과를 졸업하고 건국대학교 일반대학원에서 석사과정을 졸업했다. 연극배우 활동을 하며 '연출가들이 뽑은 배우상' 등을 수상한 그는 시와 드라마를 접목한 '포에라마'라는 새로운 예술 장르를 개척했다.

　저명한 시 낭송가로 활동하던 중 2010년 『서울문학』으로 등단했다. 현재 한국문인협회, 한국연극협회, 한국배우협회에서 활동 중이다. 지난 2018년 첫 시집 『민달팽이의 사랑노래』를 낸 바 있는데, 장석주는 지난 시집에서 공혜경을 "시인은 민달팽이를 통해 날지 않고 기어 다닌다는 것, 존재의 바닥에서 허우적이는 그 무력감을 성찰한다"고 평가했다.

첫 시집 이후 6년 만에 출간하는 두 번째 시집『사람이 그립다』는 지난 시집과 달리 가족애와 고성 바닷가 경험에 대한 서사와 사유가 주요 제재라고 할 수 있다. 시인은 이런 서사와 사유의 행간 속에 자아를 적실한 시적 언어로 표현한다. 또 그의 시에는 이순 가까이 살아오면서 축적된 경험과 지식에서 우러난 인생 담론이 가득하다.

2

공혜경의 시집에는 가족 제재의 시가 가장 많다. 가족 개개의 구성체인 가정은 고달픈 인생의 안식처다. 가정은 인간의 대지이며, 사랑이 움트는 텃밭이다. 가정은 자기를 표현할 수 있는 유일한 공간이다. 그래서 좋은 가정은 천국이다. 반대로 가족 구성원 개개인의 표현이 억압되고 폭언과 폭력이 있는 가정은 지옥이다.

따라서 좋은 밭에서 좋은 곡식이 열리듯 좋은 가정은 좋은 자식의 열매를 맺는다. 시집 원고를 읽어 가는 내내 시인을 중심으로 자연스럽게 형성되는 부모와 자식, 그리고 형제와 이모들이 어울리는 모습을 보면서 더욱 앞의 문장과 같은 생각이 들었다. 가정에서 엄마는 나를 키워 준 사람이자 스승이며, 자식이 세상에 나가기 전에 풍파를 막아 주는 바람막이라는 말이 있다.

엄마는 칭찬과 꾸중을 통해 아이를 바른길로 가게 한다. 어떤 때는 친구가 되어 기쁨을 같이하기도 하고, 어떤 때는 상담자가 되어 위로를 한다.

엄만 언제나
내 이야길 묵묵히 들어 주신다

내게 뭐라 하는 옆집을 흉볼 때도
아이들이 내게 속상하게 했다 해도
그저 다 들으시곤

'그래 애썼다'
'쉬어라'가 전부다

그런데 그게
묘한 위안이 된다

—「묘한 위안」 전문

정말 화자의 엄마는 위안의 아이콘이다. 시 「묘한 위안」을 읽어 가면서 묵묵히 들어 주는 화자의 엄마야말로 가장 좋은 인생의 상담자라는 생각이 들었다. 화자가 이웃과 자식들에게 얻은 상처를 이야기해도 엄마의 대답은 "그래 애썼다"와 "쉬어라"가 전부인 것이다. 이런 과정에서 화자는 마음이 편

안해지고 그것이 묘한 위안이 되어 다가온다고 한다.

인생에서 불행을 구성하는 가장 큰 부분은 고독이다. 고독은 죽는 것보다도 어렵다는 표현도 있다. 그만큼 사람을 고통스럽게 한다. 옛사람들이 오죽하면 세상을 고해, 고통의 바다라고 했을까. 고독은 세상에 홀로 떨어져 있는 듯이 매우 외롭고 쓸쓸한 것을 가리킨다. 우리나라 현재 10가구 중 3가구 이상이 1인 가구다. 가족 가치 약화, 개인주의 심화, 비혼자 증가 등이 원인이다.

> 엄마가 오셨다
> 문을 열고 샤워하는데
> 살짝 살랑한 바람이 분다
>
> 엄마가 문을 닫아 주시려는데
> 내가 속으로 그랬다
>
> '닫지 마!
> 외로웠어'

—「외로웠어」 전문

위 시는 고독을, 외로움을 형상하는 방식이 드라마틱하다. 극적 구성 방식이다. 화자가 혼자 문을 열어 놓고 샤워를 하는데, 딸네 집을 방문한 엄마가 와서 문을 닫아 준다. 문을 닫아 주는 행위는 딸에 대한 배려와 사랑을 암시한다. 화자의 집에 다니러 온 엄마, 화자는 속으로 외로웠으니 문을 닫지 말고 공간을 열어 두라고 한다.

　나이를 아무리 먹어도 자식은 자식이라는 말이 있다. 구십 노인의 아들 칠십 할아버지도 자식이다. 시 「지천명을 넘긴 딸」에서는 "지천명을 넘긴 딸 못 미더워/ 내일 수술하러 들어가시는/ 울 엄마// 찹쌀밥 열 덩이와 /미역국 한 솥단지 끓여 놓고/기다리시네// 그렇게/ 날/ 기다리시네"라고 한다. 칠순을 넘긴 엄마는 지천명을 넘긴 딸이 못 미더워 수술하러 병원에 입원하기 직전까지 며칠 먹을 밥을 하고 미역국을 끓여 놓는다. 노구, 거기다 병까지 얻었으면서도, 병원에 가서 수술 직전인데도 엄마는 자식 걱정과 희생을 마다하지 않는다.

　아버지를 시로 표현해 보고 싶었다
　아무리 머리를 굴려도 막막하기만 한 단어

　아버지!

　머릿속에 머물고 있던 아버지가
　가슴으로 내려오기까지 50년 걸렸다

　홀로 그 길을 걸으시느라 얼마나 외로웠을까?
　나의 아버지는

　　　　　　　　　　　　　　　—「50년이 걸렸다」 전문

화자는 "아버지가/ 가슴으로 내려오기까지 50년 걸렸다"
고 한다. 아들이든 딸이든 아버지를 가슴으로 받아들이기까
지, 정서적으로 이해하기까지는 많은 시간이 걸린다. 우선
엄마와 다르게 아버지는 자녀들이 어려서부터 일상에서 떨어
져 있는 시간이 많아 정서적 교감이 덜하기 때문이다.

더구나 경제성장기 밤낮없이 일에 내몰렸던 아버지는 자
녀들과 신체적·정신적 교감을 할 수 있는 절대 시간이 부족
했다. 결국 나중에는 엄마와 자녀들로부터 정서적 변방으로
밀려나는 정서적 소외자가 된다. 그래서 대개의 아버지들은
젊어서도 외로웠지만 늙어서도 외롭다. 이런 아버지를 화자
는 뒤늦게야 이해하게 된다. 아버지가 병상에 눕게 되어서야
이해하게 된다.

다른 시 「병상 일기 1」에서 화자는 "병상에 누우신 아버
지의 가는 손을 만진다/ 작고 고운 손이 마치 딸 같다가 연
인 같다가 눈물이 되었다// 목욕하시자 했더니 그러마 하신
다/ …(중략)…// 앙상하고 자그마한 아버지 그 등을 밀어 드
린다/ 꼭 딸 같다가 연인 같다가 눈물 되어 흘러내린다"고 한
다. 감동이다.

한 달 만에 집에 왔어

빈집의 문고리는 차가워
방문을 여니

침대 옆 스탠드에
은근살짝 불이 밝혀져 있네

누가 그랬겠어
엄마지
갑자기 가슴이 콩콩 뛰더니
살짝 더워지는 거 있지

냉장고로 갔어
제발 제발 있어 다오
그 순간은 작은 떨림이야

앗싸!
딸아이가 놓고 간
아사히 맥주가 있네
엄마가 밝혀 놓은 스탠드 옆에
나란히 놓았어

음, 이 떨림 알아?

—「떨림」 전문

시인은 시집 서두 「시인의 말」에서 "아직도/ 팔순 엄마 그
림자를 따라다니며/ 엄마 냄새를 맡는 엄마바라기 딸// 은근

히/ 엄마바라기이길 기대하지만/ 이미 하루만큼씩 홀로 서
는/ 두 딸을 바라보는 엄마"라고 한다. 그러니 공혜경은 엄
마의 딸이기도 하지만 딸을 가지고 있는 엄마이기도 한 것이
다. 모계, 즉 엄마—시인—딸로 이어지는 '엄마바라기'다. 시
인은 엄연히 두 딸의 엄마다. 두 딸로부터 보기 드문 호강을
받기도 한다.

> 여름 내내 수고 많았다고
> 딸들이 1박 2일 호강 데이를 만들어 주었다
> 일명 엄마 호강시켜 주는 날
>
> ―「호강데이」 전문

엄마인 시인은 자신이 살아오면서 보아 온 경험과 지혜를
딸들에게 전수한다. "혹시 남자친구를 만났는데/ 다 좋은데
이건 아닌 것 같다는 생각이 들면/ 그건 정말 아닌 거야/ 앞으
로 변하지 않을까? 생각하는 건 착각이지/ 그 시간에 강변길
을 걷든지/ 하늘을 한 번 더 바라봐"(「딸에게」)라고 가르친다.

3

지리적 운명이라는 게 있다. 내가 영국 런던이나 중국 상
해에서 태어나고 싶다고 해서 태어나는 것이 아니다. 태어나
보니 대한민국 충청도이거나 서울인 것이다. 누군가는 미국

의 시골에서 태어나고, 누군가는 아프리카나 중동의 도시에서 태어난다. 옮겨 사는 곳도 마찬가지다. 자신의 의지가 작용하기도 하지만, 누구를 만나느냐에 따라, 직업이 무엇인가에 따라 사는 공간이 결정되기도 한다.

탄생이나 이동은 거의가 운명인 것 같다. 충청도에서 태어나 서울에서 성장한 공혜경의 시에는 동해 고성 바다를 소재로 한 시가 여러 편 있다. 「집시」 「까만 바다 1」 「까만 바다 2」 「그새 그립네」 「비와 바다」 「봉포섬」 「천진해변」 「시를 본다」 「바다 365」 등 다수다.

시인이 동해 변 북단의 고성으로 간 사유가 무엇인지는 알 수 없지만, 시 「집시」에 보면 인간의 본성과 충동을 충실히 따랐다는 것을 눈치챌 수 있다. 인간의 선한 자유의지도 있었을 것이다.

집시 같은 사람
오랜 세월
유랑극단을 떠돌다
어딘가에
머물고 싶었다

집시들이 머무는 곳
Stay-G(ypsy)란 이름으로
고성 땅에 온 지

2년여 날들

그 사람
그 세월
그런데도 아직, 집시처럼
밀려왔다 밀려가는 건
못내 떨치지 못한
포말로 떠도는 자유의
부스러기들 때문일까?

—「집시」 전문

집시는 원래 한곳에 정착하지 못하고 떠돌아다니는 '유랑
민족(travellers)'을 뜻한다. 민족은 있지만 국가가 없기 때문이
다. 집시들의 민족적 성격이 원래 떠도는 게 아니라 한곳에
정착해 안정적으로 생계를 유지하기 위한 공동체가 없기 때
문이다. 집시는 문학이나 수사학에서도 한곳에 정착하지 못
하고 유랑하는 사람을 비유하기도 한다.

화자는 자신을 "오랜 세월/ 유랑극단을 떠"돈 집시 같은 사
람이라고 비유한다. 그리고 고성으로 옮겨가 "집시들이 머무
는 곳/ Stay−G(ypsy)란 이름"을 내걸고 풀빌라 사업을 한다.
그곳에서 시간을 보내며 고객으로 오는 사람들을 만나고 사
건들을 겪으면서 시를 생산한다. 그러고는 다시 도시로 되
돌아온다. 화자의 몸에 "포말로 떠도는 자유의/ 부스러기"

들 때문이다.

초겨울
갈매기들이 뿌려 놓은
천진해변

파도가
카푸치노처럼 밀려왔다
라떼처럼 미끄러져 간다

―「천진해변」 전문

비 온다
며칠 만에 왔더니
바다가
왜 이제 왔냐고
투정 부리며
비랑 놀고 있다

―「비와 바다」 전문

　시인들의 서정적 감각은 짧은 시에 잘 나타난다. 공혜경
역시 바다를 제재로 짧은 시를 구성하는 재치가 이만저만이
아니다. 짧은 시를 보면 시인의 시적 감각이나 역량이 측정
된다. 시 「천진해변」은 시적 대상인 바다를 완전하게 심상화

시키고 있다. 시 「비와 바다」는 의인화를 통해 시적 대상을
감각화한다.

시 「봉포섬」에서는 "어느새/ 내 눈동자 안에도/ 바다가 들
었다// 눈을 깜박일 때마다/ 구름도 햇살도// 저기 저 섬/
봉포도/ 바닷물에 젖는다"(「봉포섬」)고 한다. 시 「괜찮은 레시
피」에서는 "커피 한 잔을// 바다 한 움큼/ 햇살 한 줄기/ 그
리움 한가득 넣어// 귀로 마신다"고 한다. 발상이 새롭고 신
선하다.

시인은 고성 바닷가에서 여러 사물과 인물을 만난다. 사
람과 사람의 만남은 여러 가지 사연을 만든다. 출근길에 금
계국 향기를 맡거나 눈을 마주치고(「바다 365」), 평생 무대 위
에서 살던 언니가 찾아오고(「난 괜찮아 1」), 외사랑을 위해 502
호에 몰래 생일상을 차려 놓고 떠난 여인을 만난다(「맨발의 여
인」). 까만 밤에 찾아와 술을 마시고 반지를 끼워 주고 루주를
주고 간 여자도 있다(「까만 바다」 1, 2).

이곳이 왜

시간이 지나면 지날수록

낯설게만 느껴지는 걸까

…(중략)…

왜 애써

버텨 내려고 이리

힘겨운 몸짓을 해야 하는 걸까

사람이 그립다

—「사람이 그립다」 부분

위 시에서 화자는 바다가 좋아 바닷가에 가서 살았지만,
다시 사람이 북적이는 도시가 그리워졌다고 한다. 그러고는
바다를 떠났다. 그런 어느 날 시인은 동생이 보내온 바다 사
진을 받는다.

이것을 시 「그새 그립네」로 썼다. "서울 왔는데/ 동생이 보
내온/ 천진 · 봉포/ 사진 속/ 남겨진 바다// 그새/ 그립네".
이것이 사람의 마음이다. 인간의 본성이다. 사람의 마음은
어디로 뛸지 방향을 모르는 길들이지 않은 망아지와 같다. 마
음의 깊이는 천 길이나 되어서 아무도 들여다볼 수 없다. 인
간의 속성을 정직하게 표현한 시다.

4

다른 시집들과 달리, 시집 뒤에 시인의 어머니 황일분이
쓴 시 「눈물 1」「눈물 2」「호수」「허수아비」「소박한 꿈」 등 5편
과 시인의 산문이 자리하고 있다. 어머니 황일분의 시를 읽
어 가면서 공혜경의 시적 재능이 어머니에게서 왔다는 생각

이 들었다. 그리고 공혜경의 다정다감한 모성과 사회적 성취가 어머니 황일분의 신앙과 기도, 눈물 어린 헌신과 희생으로 이루어졌다는 것을 알았다.

눈물은
아플 때만 내리는 것이 아니라
슬플 때만 내리는 것이 아니라
기쁘고 감사할 때
더 뜨겁고
더 많이 쏟아진다

—황일분, 「눈물 1」 전문

아! 이 눈물은 무엇인가?
어느 골짜기 흐르는
약수 같은 눈물
이 눈물은
우리 가정을 지켜준
밑거름인가 봐!

—황일분, 「눈물 2」 전문

오늘은 왜 이렇게
눈물이 흐르는 걸까 유리창에

빛이 흐르는 것 같이

눈물이 쏟아진다

내 마음속에 내 눈에

누가 계시길래

내 눈이 호수가 됐을까

—황일분, 「호수」 전문

　쉽고 간절하게 어머니가 표현했듯, 눈물은 아프거나 슬플 때도 흐르고 기쁘거나 고통스러워도 흘린다. 감사한 마음이 솟아오를 때도 눈물이 난다. 이것이 눈물의 속성이다. 어머니는 일생을 살아오면서 인간 만사를 통해 눈물을 직접 체험했을 것이다. 절대 신 하나님이 한 인간이 자신과 세상을 바로 볼 때까지 눈물로써 눈을 씻어 주듯, 자신과 가정을 바르게 가꾸려는 인간에게 눈물을 준다.

　어머니 황일분은 자신의 가정을 바로 세우기 위해 신 앞에 무릎을 꿇고 수많은 양의 눈물을 쏟아부었을 것이다. 그 눈물의 양은 작은 두 눈에서 시작해서, 마음의 골짜기를 채우고, 가슴의 시냇물로, 인생의 강물로, 가정의 바다로 흘러들었을 것이다.

　시 「호수」에서 언급하듯 어머니의 눈은 눈물이 가득 고여 있는 호수와 같다. 호수는 넓고 멀리까지 뻗어 있는 땅을 적셔 비옥하게 한다. 만물이 무럭무럭 자라나게 한다. 싹이 트고 꽃이 피고 열매를 맺게 한다. 사람들에게 양식을 주고, 마을과 도시를 형성하게 하고, 문화를 발명하게 한다. 어머니의 눈물은 가득 고인 호수와 같아 가정을 비옥하게 한다.

나는 허수아비다
비바람 쳐도
뜨거운 햇빛 쏟아져도
천둥 번개 태풍이
밀려와도
나는 거기 서 있었다
그 논의 나락을
지키려고
거기 서 있었다
거기 있었다

—황일분, 「허수아비」 전문

나도 꿈이 있었다 소박한 꿈
대통령도 아니오
갑부도 아니다
조그만 마을에서 예수님 모시고
소박하게 살고 싶었다
그런데 꿈보다 더 많이 주셨다
그런데 왜 나는 목이 말랐을까
그런데 왜 나는 배가 고팠을까
이것은 내 꿈이

아니었나 보다

—황일분, 「소박한 꿈」 전문

허수아비는 곡식 지킴이다. 논이나 밭 가운데 붙박이로 서
서 곡식을 해치는 새를 쫓는다. 허수아비는 자기 의지대로 움
직이지 못한다. 비바람과 뜨거운 햇살 아래서 그냥 서 있어야
한다. 천둥번개가 쳐도 그 자리에 있다. 농부가 자리를 결정
하기 때문이다. 어머니는 "나는 허수아비다"라고 고백한다.
어머니는 그런 존재일지도 모른다.

그러나 허수아비로 서서 가정을 지키는 어머니도 꿈이 있
었다. 대통령이나 갑부가 되고 싶은 이런 꿈이 아니었다. 조
그만 마을에서 예수님을 모시고 소박하게 사는 것이 꿈이었
다. 그런데 그런 꿈보다 예수님이 더 많은 것을 주었다고 한
다. 남편과 자식, 자식들이 낳은 손주들일 것이다.

그런데도 어머니는 목이 마르고 고팠다고 한다. 어쩌면 소
박한 꿈이 당신의 꿈이 아니었는지도 모른다고 한다. 딸인
공혜경이 시 「소박한 소망」에서 언술한 "거울 앞에 선 내 모
습이/ 여전사로 비춰지는 오늘// 엄마가 아닌 작은 여인이고
싶은/ 소박한 소망 하나 가져 본다"는 표현과 어딘가 모르게
닮았다. 이것이 인생이다. 고백이다.

시인은 시집 뒤에 붙인 산문 「지풍굴」에서 자신의 유년을
진술한다. 마을 이름이 심동인 것을 추정해보면 깊은 골짜기
에 있는 마을이 '깊은 골' → '지풍굴'로 변화된 것 같다. 마을
사람들이 모여 김을 뜨는 광경, 햇볕이 드는 담벼락에 모여

앉아 이를 잡는 아이들. 찐 고구마를 서로 먹겠다고 달려드는 아이들, 술지게미를 먹고 취한 성찬이 등 여러 사건을 동화적으로 진술하고 있다.

5

지금까지 공혜경의 시에 나타난 지배적인 제재 특징인 가족애와 바다 경험을 쓴 시들을 살펴보았다. 시인은 「시인의 말」에서 "순간의 설렘을 담은 메모장이/ 두 번째 시집이 되는/ 마법 같은 일이 벌어지고 말았다"고 한다. 그러니 그의 창작은 사물이나 사건을 만났을 때 순간에 떠오르는 감정의 메모가 기초가 되어 한 편의 시가 되고, 이런 한 편 한 편이 모여 한 권의 시집이 된 것이다. 때문에 이 시집은 루틴의 마법으로 지은 서정의 집이다.

이 서정의 집에는 가족애와 바다에 대한 사건과 사유가 가득하다. 그의 시에는 자신을 중심으로 부모와 딸들, 그리고 가족 간에 벌어지는 다정다감하고 화목한 소통과 풍성한 가족애, 고성 바닷가에서 사업을 하면서 만났던 인물과 사건들, 거기서 발효된 나름의 인생 담론이 곳곳에 포진되어 있다. 또 이순 가까이 살아오면서 터득한 인생훈을 시의 문장이나 행간에서 만나는 재미도 쏠쏠하다.

시인은 십여 년 전에 쓴 것으로 추정되는 시 「오십에야 알겠다」에서 "스물엔 자유를 그리워했고/ 서른엔 사랑을 갈망했으며/ 마흔엔 이름을 알리고자 노력했으나/ 오십에야 평안이 진리라는 걸 알겠다"고 한다. 그로부터 십여 년이 흘러 어느덧 이순에 이르렀다. 그의 지혜는 더욱 무르익었을 것이다. 더하여 시집을 내면서 자신의 시집에 어머니의 시편을 넣는 지극한 효성이 남다르다. 이 아름다운 시집은 문단과 대한민국 사회의 축복이다.

천년의시인선